“Pārekareka ana ki a au te tuhi i *Te Kōkōrangi!* Ko te kuia nei, a Te Kōkōrangi, e whai ana i te tauira o Hine-te-ariki, he kuia e ora ana i ngā rā o nehe, he pā tōna i te maunga o Tirotiro-whetū. Ko te waka whetū, nō tuauri whāioio, e mōhiotia ana i ngā pūrākau ko Te Waka o Rangi, engari ki a mātou o Te Tai Rāwhiti, ko Te Waka Tapu o Tākitimu. Heoi anō, ko Ariā rātou ko ngā tama, ko ngā rangatahi tonu pea o Aotearoa i ēnei rā. E akiaki ana te paki nei i a koutou, rangatahi mā, kia ako i ngā mea e tika ana o ngā mātauranga o mua, engari me te whakahāngai ki ngā mātātaki o ō koutou nā ao, haere ake nei. Kia kaha, kia manawanui, taiohi mā!”

Nā Witi
Ihimaera

Nā Isobel Joy
Te Aho-White
ngā whakaahua

Nā Hēni Jacob te
whakamāoritanga

Te Aranga o Matariki

PUFFIN

Tahi: Te Whakatau a Te Kōkōrangi

Ka rongo a Te Kōkōrangi i te auau a te kurī. E toro haere ana ia i ngā papa kāinga o te mānia, e tirotiro ana mēnā kua oti ngā kai te hauhake, te rokiroki, te tuku anō ki te rua. Kua hau kē ngā rongo mō tōna mātau ki te kōkōrangi, arā, ki te tātai arorangi, ā, i tēnei haere āna i te kimi anō ia i ētahi pia hou hei whakaako ki te mātai whetū. Kua kitea ētahi tama tokotoru, ko te tuawhā e rapua tonutia ana. Kāore he take o ngā mea kua whakahuatia ake e ngā kaumātua.

"Kāore pea e pau te whitu rā, kua pari kē ō rātou ihu," tā Te Kōkōrangi. Mea ake ka auau a Kurī, ka anga atu ngā mata o Te Kōkōrangi ki tētahi kōtiro, he pani.

E pīnono kai ana a Ariā i te kāuta o te papa kāinga, me te tohe kia mātua arohia tāna tono.

I te hoatutanga rā anō o ētahi toenga kai, whāngaia kētia ana ki te kurī.

He wā anō he rehurehu tā ngā atua e mahi ai.

Tohu atu ana te tokotoko o Te Kōkōrangi ki a Ariā. "Ko ia."

Ka mea ngā kaumātua ki te tohe, whātuturi ana a Te Kōkōrangi. Kua kitea atu te aumangea me te ngākau atawhai o te kōtiro, ka mutu, nōna anō ōna whakaaro.

Ka mea ake a Ariā, "Ko māua tahi ko taku kurī ka haere atu."

Rua: A Pekerangi

Ka kite a Te Kōkōrangi kua rahi te kai a te iwi mō te takurua, ko te hokinga tēnā ki te kāinga. Ko Pekerangi te whakamaunga atu, te maunga ko ia te rēinga ki te rangi. Kei te whakatatanga atu o tana tira, kua hī ngā mata ki te mātairangi i te taumata. E kākarauri ana te rangi, me te kitea atu o ngā manu tukutuku o tana puni e hoka ana, e aumihi ana i tana hokinga mai.

"Kua harikoa ngā manu tukutuku i te hau, kua kanikani," tā tana tautiaki, a Hautoa.

"Kei te kapakapa tahi me taku manawa," tā Te Kōkōrangi. "Kua roa rawa au e ngaro ana."

Huri atu ana ia ki ana pia hou tokowhā: ki a Tahi, ki a Mākura, ki a Iwihōia, ki a Ariā, tae atu ki tana kurī haunga. Ko te tōmua ake o te tīmata ki te ako, ko te painga ake. Me kōrero haere i te ara.

"Na, kua whāiti ngā kūmara ki te rua, he aha ka whai i muri iho i te maramataka?" tana pātai.

Ka tere tū te ringa o Tahi. "E ai ki te maramataka, e tiaki ana tātou i ngā whetū o Matariki."

"Āhea kitea ai te kāhui whetū rā?"

I konei kua kupu ake te tama kakama nei, a Mākura, "Kia tata te paunga o te takurua."

Tungou ana a Te Kōkōrangi, me te āhuareka anō i tōna kakama. "He aha tā te aranga ake o Matariki e tohu mai ana?"

Ka tere kōrero ko Iwihōia: "Ko te tīmatanga o te tau hou."

Mene atu ana a Te Kōkōrangi ki te tuawhā o ana pia. "He mōhio koe ki ngā kōrero o Matariki, nē rā Ariā?"

Noho ngū ana te kōtiro pani, engari ia te kurī, ngangara ana te waha.

"E kī! Ā tēnā!" te hāmeme a Te Kōkōrangi. Pakiri ana ōna niho me te ngangara anō hei utu i tā te kurī.

Koroingoingo ana a Kurī, ko ana waewae ki te huna i tōna mata.

Kua huri anō a Te Kōkōrangi ki a Ariā. "Kei te mōhio koe ki ngā kōrero o Matariki, nē rā e kō?"

Ka mea ngā tama ki te whakautu, kotahi anō rarapatanga atu a te kaiako, kua mōhio: *Me kopi ngā waha.*

Ka noho, ka noho ā, ka kōrero a Ariā: "Ētahi kōrero nei."

Ā, ka pai, he reo kōrero tonu tō te hanga nei; mā te aha anō pea i tēnā.

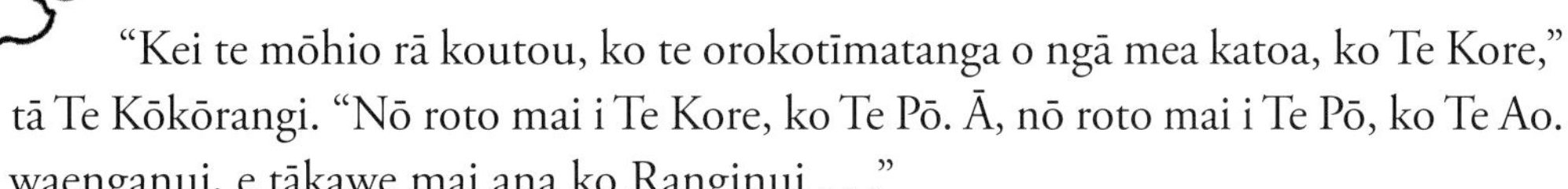

"Kei te mōhio rā koutou, ko te orokotīmatanga o ngā mea katoa, ko Te Kore," tā Te Kōkōrangi. "Nō roto mai i Te Kore, ko Te Pō. Ā, nō roto mai i Te Pō, ko Te Ao. Ā, i waenganui, e tākawe mai ana ko Ranginui . . ."

"Te matua nui i te rangi," tā Hine-mōhio-ki-ngā-mea-katoa, me te tīkoro anō o ōna whatu.

". . . rāua ko Papatūānuku . . ."

"te hākui o te whenua." Kua tīkoro anō ngā whatu, engari mā te aha i te kōrero.

"E whitu tekau ā rāua tama," tā Te Kōkōrangi, "engari i te kaha piri o ngā mātua, e noho ana ngā tama ki te pōuri, ki te tiwhatiwha i waenga i ngā tinana nui o Ranginui rāua ko Papatūānuku. Ka roa ā, ka kite tētahi o rātou, a Tāne, i tētahi haeatatanga. Ka mea ake, 'Me wehe tātou i ō tātou mātua, kia tū ake ai, kia puta ai tātou ki te ao mārama.' Oti ana i a Tāne te whakapakepake te tokopae o ana tuākana, tēina e tika ana. Mahi tahi ana rātou ki te wewete i te awhi kaha a Ranginui i a Papatūānuku."

Tūtohu ana te tokotoko o Te Kōkōrangi ki te rangi. "E huri ana te ao, he wehi, he kaumingomingo te kai. E heke ana ngā roimata o ētahi, ka mahuta ake me te aropiri ki tō rātou matua e maiangi ake ana. Ko te rā tētahi, taihoa ka kohae mai i te awatea, ko te marama anō tētahi, ka tīaho mai i te pō."

Kua kokoti mai ko Iwihōia, "Engari tērā tētahi o ana tēina, a Tāwhirimātea, i tino pukuriri i te mawehenga."

"Āe rā, ka huri ki te kimi utu. 'Taihoa koutou ka parekuratia e au,' tana kupu ki a Tāne mā." I konei ka kuhu atu a Te Kōkōrangi i te wairua whakaari ki āna kupu hei whakaata i te whakamarangai a Tāwhirimātea i tōna riri. Pārekareka ana ki ngā tama. Me pēhea hoki e kore ai e pārekareka ki a Ariā?

"Hei whakaatu i te pono mārika o tana kī taurangi, tīkarohia ana e Tāwhirimātea ōna mata, makaia atu ana ki a Rangi. Koia tēnei, ko te kāhui whetū e kīia nei ko *Mata*riki, arā, ko ngā mata o te ariki. Ā, ko Tāwhirimātea, kua matakerepō, riro ana ko ia—"

Ka tere whānakohia atu e Ariā āna kupu: "— te atua tūpehupehu o te āwhā me te uira, te ariki nui o ngā hau o te ao." Te āhua nei i waenga a Ariā i te mātoru tāngata e whakarongo pīkari ana ki ngā kauhau a Te Kōkōrangi, inā hoki te rite pū o āna kupu. Waihoki te tangi o tōna reo, kua pērā me tō Te Kōkōrangi.

Āhuareka ana a Ariā ki tāna mahi. Neneke atu ana ngā tama. Kīhai rātou i hiahia kia kitea rātou e piri tata ana ki a ia.

"E kī, ka hīanga mai koe," tā Te Kōkōrangi. "Kei te mōhio pea koe ki ngā kōrero. Engari kia tūpato, atu i taku pakeke ake, i taku mātau ake i a koe, he wā anō hoki ka nuka ko au. Ka mutu, ki te toko ake te hiahia, he māmā noa te whakahoki atu i a koe ki te kāinga i ahu mai ai koe. Ka pai?

Ko te tīmatanga tēnei o te taukumekume o ngā manawa tohe o Te Kōkōrangi rāua ko Ariā . . . me tana kurī.

Toru: Ngā Mata o te Kuia

Ka taka ki te kōanga, kua hōhā a Ariā i āna akoranga me ana hoa tokotoru e rika ana ki te ako.

"Haere mai, ka haere tāua," tana kohimu atu ki a Kurī.

Ehara i te mea he uaua ngā akoranga. Engari ahakoa he aha te mea ka whakaakona e Te Kōkōrangi me ōna tohunga, ka tere mau i a Ariā. Ka hōhā ia i te tatari kia mau i ngā tama. Tonoa ana ia kia maumahara ki tētahi karanga ki te rā: puta kau anō ngā kupu i te waha o Te Kōkōrangi, kua mau kē i a Ariā. Tonoa ana kia taki i ngā whakapapa o tētahi kāhui whetū: uaua ana ki ngā tama te ako i ngā ingoa tuatahi; engari ia a Ariā, mau pai ana i a ia ngā ingoa katoa — ko tana taki ingoa, me te kūkupa e tuhatuha ana i ngā kākano o ngā hua ki ngā kanohi tonu o te tohunga, o Kūkūtai: *anā* tō kai!

"Me kore ake tō kaha ki te maumahara, tā Āwhina, te kaitohutohu i ngā mōteatea onamata. "Engari kaua e whakamahia tēnā pūmanawa hei taonga tinihanga. Kia mōhio mai koe, ehara ēnei hanga i te kupu kau. He tuku whakamoemiti kē ki ngā whetū, he inoi rānei kia tau mai ngā manaakitanga i a rātou, e pai ai te maramataka, e ora ai ko tātou i te roanga o te tau. Me he makariri te takurua, ko tā te mōteatea, he inoi pea kia tau mai te mahana ki te whenua. Me he pakapaka te raumati, arā kē pea, he inoi kia uaina te whenua, kia kore ai ngā kai o te māra e ngingio noa."

Hei aha ake mā Ariā! Ko tāna, waiho te matapopore mā te hunga kua āta matapoporetia. Kāore he tangata i atawhai mai i a Ariā. Kua wareware hoki i a ia ōna mātua, ā, mehemea rānei i aroha mai rāua ki a ia. Ko te mea nui, kia mātua ora ō rāua puku ko Kurī, aua atu ētahi atu.

Ko tētahi waimarietanga, kāore ia i mate ki te kawe i ngā akoranga kapa haka e whai wāhi rā ngā tama i te taha o tō rātou kaiako, o Wīrepa. Kua pai tā rāua oma ko Kurī ki te mātairangi. Pārekareka ana ki a ia te noho tahi ki ngā tūtei, mātua rā ko Hautoa. I mōhio hoki a Hautoa ki te matua o Ariā.

"Kia manawanui koe ki te kōtiro rā," tā Hautoa ki a Te Kōkōrangi. "E rapu ana ia i tētahi whānau hou mōna me te kore tonu e mōhio kua kitea kētia."

Tapaina ana te mātairangi e ngā tāngata o te mānia ko Ngā Mata o te Kuia. Me te tika anō o te ingoa. Totoro atu ana te kainga kanohi ki tua o te mānia ki te kahurangi o te moana. He mea nui tēnei, i te mea ko ngā kai a te iwi — kātahi anō ka pihi ake anō i ngā māra o raro iho — ka pāhuatia i ōna wā anō e ngā iwi kaiapo noho tata. Kia mataara tonu ngā tūtei, me kite ngā kanohi i te paku kōripo o te puehu, i te oreore o te ngahere i te konihitanga mai o tētahi ope taua. Arā anō te ngaru rite ki te kōpere i te karetai, he ika rānei ka mahiti i te wai, e tohu ana pea kei te whakatata mai te waka o te hoariri.

"Kei te wātea tōku nei taha," tā Hautoa ki ērā atu tūtei. "Kei te pēhea a konā nā?"

Kei te kitenga tuatahitanga o te whakaariki, kua pā te whakahau a Te Kōkōrangi: "Whakaarahia te iwi!"

Tukua ana te manu tukutuku mangōpare hei whakahauhau i ngā iwi kia kaupare atu i ngā konihi i tō rātou ūnga ki uta. Mehemea he kāeaea te manu ka tukua, kua mōhio te iwi e haere mai ana te hoariri i te tuawhenua. Ko te manu hei tohu ko Ruatapu Te Pukurua e haere mai ana, he puare kei waenganui, pēnei i te waha hāmama nei.

Ko Ruatapu Te Pukurua te hoariri kino katoa. Nō te kōanga ka hori, kua purere ake he kāhui manu, i mōhio ai ngā tūtei e whakaekea ana rātou e Ruatapu. He kōkiri mai i te tonga, he apo whenua, he apo kai, he apo mauhere te mahi. I tētahi o ana pāhuatanga i te hia tau ki muri, ka mate i a ia ngā mātua o Ariā, me te whakahakahaka atu o tōna ata roa ki te pouraka e moe rā a Ariā.

I tētahi rangi, e pupuhi ana ngā hau o te raumati, kāore hoki he tāngata e aro mai ana ki a Ariā, ka tukua e ia tētahi o āna tino manu tukutuku: ko te kāhu. Matengerengere ana a Te Kōkōrangi.

"Parahutihuti ana te rere a ngā toa ki te repo, mō te kore noa iho te take!"

He aha a Te Kōkōrangi i kore ai e kite, he oranga kei te tākarokaro i ētahi wā?

"He wā ia e tamariki ana anō ko koe," te whakamahara a Hautoa i a Te Kōkōrangi.

He mōhio tonu a Ariā kāore i tika tana tohe i te mana o Te Kōkōrangi i tana tū hei kaitiaki, engari he uaua te kore e paku tutū i ōna wā anō. Pēnei i te āta kuhu atu i te kāwai hē ki te whakapapa. Ngahau ana te kite i a Kūkūwai e oke ana ki te whakahoki i ngā tama ki te ara tika.

"Kāore nei koe i te kite," te nguru a Te Kōkōrangi, "me he whakaritenga tūturu, ka hē tētahi karakia, he aituā tonu pea?"

Ka whakaae a Hautoa ko te mātairangi hei piringa mō Ariā kia tau rā anō te puehu.

"He rite kōrua ko Te Kōkōrangi ki te rākau hika ahi, hikahika tahi ana kōrua, kā mai ana he ahi," tana kī. Kua pā atu tōna ringa ki tō Ariā me te whakataruna kua wera ia.

Ka hihī atu a Ariā, me te mahi anō ki te huna i tana mene.

Tērā anō te wā i whaoria ai e ia he ika pirau ki te kete a Iwihōia. I te paku wheke a Ariā i te mea kua piki a Iwihōia i roto i ngā akoranga kia rite ki a ia te pai, ahakoa i tukuna ia e Ariā kia toa — pono!

"Kei kuhu huna mai koe i tō ika haunga ki roto, ka pōhēhē kei te pai noa iho!" tā te tohunga, tā Wīrepa.

"Me aha rā koe e au?" te mapu ake a Te Kōkōrangi. "E te pani, me pakeke ake tō kawe i a koe. Kia tika tō aro ki ngā akoranga. Me ako anō ki te whakatina i a koe. Kaua e tukua mā ō kare ā-roto koe e raru ai ina hinga koe."

Whakatakariri pai ana a Ariā i tērā kōrero āna!

"Me pai rā tō mahi tahi, tō noho tahi ki ngā pakeke, ki ngā tama anō hoki. He rā pea e taka e mate ai koe ki te tono āwhina i a rātou."

"Kore, kore rawa."

Kua taunga a Ariā ki te tiaki i a ia anō. Kāore hoki ia i te mōhio pū mēnā i te hiahia noho ia ki te mātairangi. Ka mutu, he aha ia nei a Te Kōkōrangi i pai mai ai ki a ia?

Whā: Te Huihui o Matariki

He taumata matira a Pekerangi i te awatea, engari kia hāpai te marama, he mātairangi tiro whetū. Nō tētahi kāwai tātai arorangi a Te Kōkōrangi kua kai ō rātou kanohi i ngā hanga o te rangi mai anō i te orokohanga ake o te ao. Mate atu, ara mai he reanga matakite i te pēheatanga o ngā rā kei mua i te aroaro, mā roto mai i ngā tauira taukapokapo e kōmiro ana i te rangi pō. A Te Kōkōrangi koa, he mōhio ki ngā ingoa o ngā whetū 1000 ngahoro, ki te tohu atu anō i te aranga me te tōnga o tēnā, o tēnā. Ko ētahi o aua whetū, he piri tahi ki ōna anō kāhui whetū 100 ngahoro, ka mutu he ingoa anō, he kōrero anō kei aua kāhui hei ako.

"E kore au e okioki," tana whakaohiti i a Ariā me ngā tama, "kia mōhio anō hoki koutou ki te katoa."

Tukua ai e Te Kōkōrangi tōna reo hāpai i ngā whetū i ia pō, he taki karakia, he inoi kia tau iho ā rātou manaakitanga ki te iwi.

"Ana, kei a koe, Ariā, māu e mahi!"

E kore ia mō te whakangāwari i te ara o Ariā. Ko Kurī kei ngā rekereke o Ariā, e tū ana ngā taringa ki te whakarongo.

"Ki waho kē pea te kurī." tā Te Kōkōrangi.

"Kei te ako anō ko ia ki te tātai arorangi," te whakautu a Ariā.

"E kī! Kāti, kia tūpato, kei puta te ihu o tō kurī i ngā mahi nei, ka pari kē ko tōu!"

I tētahi pō i te ngahuru, ka kitea te ihumanea o Kurī. E tirotiro ana ngā pia he aha ngā āhuatanga i pā i muri i te makanga atu a Tāwhirimātea i ōna mata ki te rangi. Ko te whetū hou nei, a Matariki, ka moe i tētahi whetū rangatira, i a Rehua. Tokowaru ā rāua tama, tamāhine: ko Ururangi, ko Waipunarangi, ko Tupuārangi, ko Tupuānuku, ko Waitī, ko Waitā, ko Hiwaiterangi, ko Pōhutukawa. Hui katoa te whaea me āna tamariki, koia tēnei ko te huihui o Matariki.

“Ko te pēheatanga o ngā rā kei mua i a tātou, ka waitohua mai e te whānau Matariki,” te whakamahara a Te Kōkōrangi. “Ki te pūahoaho ngā whetū, he tau pai kei te haere. Ki te rehurehu, ki te tātata tētahi ki tētahi, ka roa te hōtoke, ā, taihoa anō te whakatō kai. Tēnā ia kia āta titiro atu, inā he hononga tō tēnā, tō tēnā o ngā tamariki ki tētahi āhuatanga i te ao nei. Hei tauira, ko Ururangi e whai pānga ana ki ngā hau, ko Waipunarangi ki ngā ua. E waitohu ana rāua ka pēhea te huarere mō te tau e tū mai nei. Ko wai e tohu ana i te āhua o ngā kai ka hua mai?”

“Ko Tupuārangi,” tā Tahi. “Ko ia e hono ana ki ngā manu—”

“Ā, ko Tupuānuku,” te aruaru a Mākura. “Ko ia te whetū taki i ngā kai ka whakatupuria ki te māra. Tērā anō a Waitī rāua ko Waitā, ngā kawe rongo mō te wai māori me te wai tai: āe rānei ka nui te wai hei inu, hei tuku ki ngā māra, ka nui rānei te ika i ngā roto, i ngā awa, i te moana.”

“Tino pai,” te whakamihi a Te Kōkōrangi i ngā tama.

“Tama whakapati kaiako,” te kohimu atu a Ariā, me te whana atu i ngā tāhau o Tahi.

“Kei wareware ērā atu tino whetū e rua o te whānau nei,” te tāpiri atu a Te Kōkōrangi.

“Ko Hiwaiterangi te whetū ka noho hei whakamaunga atu me kore e eke ngā wawata. Ā, ko Pōhutukawa tērā e tiaki ana i te hunga mate.”

Ka mitimiti a Kurī i te ringa o Ariā.

Tē aro atu a Te Kōkōrangi ki te kurī. Ka haere tonu tāna whakamātautau i āna pia. “Mēnā kei te taiahoaho a Matariki te whetū, he tohu aha tērā?

Ka whakautu ko Iwihōia: “Ki te kitea atu ia, ko momoho, ko hauora ka tau ki te whenua. Ki te tino taiahoaho ia, ka piki te ora o ngā mea e māuiui ana.”

“He aha te kōrero mehemea he uaua te kite atu i a Waitī?”

“Kāore e nui te tuna,” tā Mākura.

“Ā, ki te kore e kitea a Pōhutukawa?”

E tatari ana a Te Kōkōrangi kia whakautu mai a Ariā, engari e mau tonu ana ia ki tōna anō āhua, he wahangū te mahi.

Ka tere whakakīia e Iwihōia te haumūmūtanga: “He tokomaha ka mate, atu i tēnei hōtoke ki te hōtoke whai i muri ake.”

Tangi ana te mapu o Te Kōkōrangi, me te huri atu ki a . . . Kurī!

“He aha te tohu ka ea ō tātou tūmanako i a Hiwaiterangi? Kia kotahi te pahu mehemea koe e whakaaro ana ka rahi tōna āhua me te kanapa anō. Kia rua ngā pahu me he tohu kē anō.”

Ka paku tītaha te upoko o Kurī, ka whakaaroaro, kātahi ka tuku i tāna pahu kotahi nei.

“Ha, ko wai kē tō hoa pirihonga?” te kōmuhu atu a Ariā.

Rima: Te Waka o Rangi

I te taenga mai o te takurua, kua whakariterite ngā iwi mō te hekenga o Te Waka o Rangi. Taihoa ka rere iho te waka whetū nui i te rangi pō.

Ka pūruatia e Te Kōkōrangi tāna i whakaako ai ki a Ariā me ngā tama i tō rātou tūtakitanga: "Koia nei te wā e ngaro atu ai a Matariki me te waka i te tirohanga kanohi. Ko te rangatira o runga, ko Taramainuku, ā, kua pau te tau he hao haere tāna i ngā wairua o ngā mate o te wā ki ana kupenga, hei kawe atu māna ki Rarohenga."

Kāore a Ariā i pīrangi whakaaro ki te hunga mate, me ōna mātua i nunumi ki te pō i te hia tau ki muri. Kua whetūrangitia rānei rāua, e titiro iho ana ki a ia? Heoi anō, ko roto ōna me whakaae kua hurumutu te pōuri nui. Ahakoa pēhea tōna rata, tōna kore rānei e rata ki tēnei āhua, e rongo haere ana ia i tētahi ariā hou e toko ake ana: kua pārekareka ki a ia te noho ki Pekerangi.

"Kei te kawea haerehia au e Te Kōkōrangi," te komekome atu a Ariā ki a Kurī.

Ka mea ā, ka eke ki te wā. Nā Hautoa i ārahi a Te Kōkōrangi rātou ko ana tohunga, ko ana pia, atu i te mātairangi ki te toi rawa o te maunga. E kiwa haere ana te rangi, ko te ara i te pari e amio haere ana ki runga, runga riro. Ko Kurī e karapetapeta atu ana i te taha. Kei te piki anō hoki te kaha o te hau, me te mea nei e mahi ana a Tāwhirimātea ki te tītai atu i a rātou ki te mānia i raro iho.

Toko kau ake te whakaaro i a Ariā me āwhina atu pea a ia, ka kapo matamata i a Mākura — kua tae hoki ia ki te taumata kei reira nei a Ariā i roto i ngā akoranga, me tana kore e pai kia tata mai te hoa whakataetae ki a ia.

"Kei noho koe ka pēnā," te whakaohiti a Te Kōkōrangi.

He aha ia i mōhio ai? He pēhea hoki ia i kite ai, inā hoki, kei mua kē ia i a Ariā?

"Kei te kite au i ngā kokonga o te ngākau tīhoihoi," tā Te Kōkōrangi. "Ka mutu, he whatu kei taku murikōkai."

Ka mea a Ariā ki te rere ki mua haere ai, mei kore ia e tae tuatahi atu ki te tihi, ka puritia e Hautoa.

"Kia mātua mōhio koe ki te wāhi tika mōu, Ariā. Mā Te Kōkōrangi me ō kaitohutohu, mā rātou anake e whakawātea te ara hei whai mā tātou. Kei a rātou anake te mana, te awe. Kāore i a koe."

"He rite tōku mōhio ki tō rātou."

"E hē, kei te hē kē tāu," tā Hautoa. "Ka mutu, mēnā i rite tō mōhio, me ako tonu koe ki te whakaita i a koe . . . ā, me kimi anō e koe tēnei mea te ngākau māhaki."

Nāwai ā, ka tae rātou ki te tihi. He māmā te kite he aha i tapaina ai te maunga ko Pekerangi. Me te mea nei kua tāepa rawa mai te rangi pō ki a rātou. Ka pēnei a Ariā, ka taea pea e ia te peke atu i te tihi, ka tau atu ki ngā whetū e ara mai ana, e taukamo mai ana.

"He aha te take e tautau nei tō kurī?" te ui a Te Kōkōrangi.

Kātahi anō a Kurī ka kite i a Takurua, te whetū tino kaha nei te kanapa.

Ka hāpai ake a Te Kōkōrangi i tana tokotoko, ka tohu i a Hautoa me ngā tohunga kia haere ake ki a ia.

"Ā tēnā, Hautoa, kia tae Te Waka o Rangi ki te tomokanga o tō tātou nei ao rangiwhāwhā, māu te whāngai hau. Kūkūtai, kōrua ko Wīrepa, ko kōrua ngā kaumātua, kei a kōrua te whakatau."

Kātahi ka tohutohu a Te Kōkōrangi i ērā atu. "Kia kaua rawa tētahi e haere ki mua i a mātou. Ko tā koutou, kei aku pia tokowhā, he mātaki; ka mutu i reira."

I te torengitanga o ngā hihi whakamutunga o te rā, kua korakora mai te hua o tētahi hanga i te rangi: he waka whakahira i te moana whakahara. Rā roto mai i te nuku o te rangi, ka kārangaranga mai ngā toitoi waka a ngā kaihāpai hoe.

"Ira! Ko Pōhutukawa tērā e taki ana i te hekenga!" te tīwaha a Te Kōkōrangi. "Arā anō te whaea, a Matariki, kei te tauihu. Tēnā, Āwhina, tukua tō karanga. Kī atu e koa ana tātou ki te kite i a ia i tana rerenga ki Rarohenga."

He kaha, he ariari tonu te karanga a Āwhina.

Nā Matariki tonu tana karanga i whakautu. E tū mai ana ia me tōna koroirangi, he mea kākahu ki te kahu rauangi. Āhua whakahaehae nei te reo, i tūtū ai te hīnawanawa i te murikōkai o Ariā.

"Hautoa, tēnā whakaaturia ki te kaihautū, ki a Taramainuku, ko hea te ara."

Ka pīkarikari te tautiaki, ko tana taiaha hei tūtohu i te ara hei whai mā te waka whetū ki raro. "Me whakahipa ngā aorangi katoa! Tūparahia te nuku o te rangi! Anei, kei konei te maunga! Koia!

"E te hautoa, te māngai mō te ao tangata, tēnei mātou te hunga tapu te mihi atu nei i tō mana," te utu a ngā kaihoe.

Haruru ana Te Waka o Rangi i tōna hipanga atu i te marama. Kī poha ana ngā kōmaru i te hau, ā, i te atarau, ka kite a Ariā i a Taramainuku e whakatere ana i te waka kia poupou ake te heke.

Ka kuhu mai ngā kaiako, a Kūkūtai rāua ko Wīrepa ki ngā mahi. "Te Waka o Rangi, heke iho rā. Whāia te ara i te rangi ki Rarohenga, tēnei ara kua whāia mai rā anō i te orokohanga o te wā."

E mōhio ana a Ariā ki ētahi o ngā kupu o tā rāua karakia, engari tē taea te tuitui kia oti mai he kōrero tūtahi. Kua tahanga kau tōna puna whakaaro, inā kē te ihi, te mana, ā, mātāmua ko te wehi.

"Kei te kitea atu te ara!" te kata a Taramainuku. "Pōuri ake!"

Ka tiripou mai te waka whetū.

"Me koropiko," te whakahau a Te Kōkōrangi. "Whakamānawatia te mana o te huihui o Matariki."

Me he papā whatitiri te wani a te takere o te waka i te toi o Pekerangi. Rū ana te ao.

Koia tēnā ko te nunumitanga ki raro o ngā wairua o ngā mate o te tau, kei muri i te waka e tautō ana, e tangi ana i ngā kupenga korakora.

Āe rānei e mātaki mai ana ōna mātua kua whetūrangitia? Ka mahi te mātātoa i tāna mahi — totoro ana te waewae ki mua.

Ka kite ia i a Taramainuku e hāpai ana i tana taiaha, me te whakarīrā anō ki te urungi. Tataha atu ana te waka i te maunga.

"Ariā!" te tīwaha a Te Kōkōrangi.

Karawhiu mai ana te ua tātā, ā, nō roto mai i te pōuriuri ka rere mai te taiaha a Taramainuku, ūiraira ana mai.

Heoi anō te mea i rongo ai a Ariā, ko te mauritau mārire. Ko te kōrero a Te Kōkōrangi i tētahi rangi, tērā tonu pea kei ō mahi te oranga, te matenga o ngā tāngata e noho ana ki te mānia. Tae atu ki tōu anō oranga, matenga rānei.

Papā ana te taiaha, uira ana te rangi.

Ono:
Te Hokinga Mai o Ruatapu
Te Pukurua

Pitoiti ka mate, ka parea atu e Te Kōkōrangi te taiaha a Taramainuku ki tōna tokotoko. Engari ko tana tinana tonu te utu. Ko te hinganga ki te papa, me te āta ngunguru anō.

"Kia tere te whakahoki atu i a rāua ki te kāinga," te auare a Hautoa.

Kua mauri moe a Te Kōkōrangi rāua ko Ariā. Amohia atu ana mā te ara heke haere ki ō rāua moenga. Ko Kurī tēnā kei waenga i a rāua e takoto ana me te tangi koroingoingo anō.

E rua wiki i muri mai, ko Te Kōkōrangi te tuatahi ka ngaoko. Ko te auau a Kurī te whakaara i rūpeke atu ai te katoa ki tōna taha.

"Ko te pani," te ui a Te Kōkōrangi, "kei te ora anō?"

E kati tonu ana ngā mata o Ariā. Kāore he ngaoko, kāore he oro, atu i te *aaa* hākirikiri o tana whakahā. He nawe ūiraira kua haea ki te pāpāringa mauī.

"Ka pūmau te tohu o Taramainuku ki a ia ā hemo noa," te kupu a Te Kōkōrangi.

Ka pōpōhia e Te Kōkōrangi a muri o ngā taringa o te kurī pirihonga, heke iho i te tuarā. Rere ana he huruhuru ki te hau takiwā, angi atu ana ki a Ariā — tihei mauriora!

Peke atu ana a Kurī ki tōna moenga ki te mitimiti i te kanohi.

I te puaretanga mai o ngā kamo o Ariā, kāore kau he kupu kohete i ngā ngutu o Te Kōkōrangi.

He maha ngā āhuatanga ka pā i te marama kotahi. Me pēnei kē pea te kōrero, he maha ngā āhuatanga *me* pā i muri tonu i te torongitanga o Te Waka o Rangi ki te moana. E ai ki tā te maramataka, me tatari ngā iwi o te mānia kia kōwhiti anō te marama, hei reira ara anō ai te waka.

"Mātāmua ko Puanga ka rewa i te pae," te kī ake a Te Kōkōrangi, "ā, he rangi ruarua i muri mai, ka turuki ko Te Waka o Rangi. Whai i muri ko Matariki me āna tamariki hei āta tohu mai mō āhea onokia ai te kūmara tapu, ā, he aha kei tua o te awe māpara."

Tahuri ana ia ki te āta whakamahi i ana tohunga me ana pia. He karakia hou, he mōteatea hou, he waiata hou hei whakamau ki ō rātou mahara.

"Ki te wareware i tētahi tohunga te raupapa tika," te akoako a Te Kōkōrangi i ana pia, "me mātua homai e tētahi atu. Me rere tāhuhu ngā karakia e whakakau mai ai te kāhui o Matariki i te pae."

E anga pū ana rānei tēnei kōrero a Te Kōkōrangi ki a Ariā?

Mehemea e pērā ana, kua whakataruna a Ariā kāore ia i mōhio. Inā hoki, i te whakamātūtū tonu a ia. He auau tonu te hou mai o te kupu i tētahi taringa, puta tonu atu i tētahi.

I te toronga atu o Ariā i a Hautoa i tētahi ata makariri, e menemene mai ana ia. "Kei te huri mai tō ngākau ki a mātou, nē rā? He whakataruna noa tō whātuturi ki te kuia. Kei te tika tāku, nē rā?"

Kīhai a Ariā i whakautu, ka tū noa ki tōna taha mātaki atu ai i te marangai hukarere e rere mai ana i te tonga. Whati ana ngā tāngata o te mānia ki te kimi whakaruruhau mō rātou.

Auē, taukiri ē, whakakāpōhia ana te iwi e te huka kairākau. Kīhai rātou i kite i te hoariri horetātā, i a Ruatapu Te Pukurua e konihi mai ana me tana tira pāhua nui tonu. Mohoa noa nei, kua haramai kē a ia mā uta me te huaki i ngā iwi kei te ripa tauārai i te tuawhenua. I tēnei rā, kua tohe ki te tai hūkerikeri, kua haramai rā runga waka taua. Ko te ūnga ki uta, he one huna, kāore he tāngata i reira.

He tuatahi tēnei nōna — ehara ko te kūmara kua āta tukua ki te rua mō te hōtoke, koirā tāna e manako nei. He puiaki kē anō tāna e matekai nei . . .

Whitu: Te Aranga o Puanga

E moe ana a Te Kōkōrangi, ka oho ake i te hāparangi a Hautoa: "Kei te whakaekea tātou!"

He mea kapo matamata te mātairangi e te huaki a Ruatapu me ana toa 200, haukotia ana te oma ki te mānia. Kāore hoki he puni hāpai rākau i reira, i te mea taka mai ki tēnei wā, kīhai rawa tētahi i māia ki te tukipoto i te maunga.

"Haere ki te huna i a koutou!" tā Te Kōkōrangi ki tana apataki, me te tohu haere i ngā ana, i ngā tomo i putaputa ai a Pekerangi. "Kia pērā me te kūī, e tohunga ana ki te kimi hunanga." Kua kite ia e wehi kino ana a Ariā. E mahara ana ia ki te kōrero i tae mai ki ōna taringa, nā Ruatapu i patu ōna mātua kia mate. Ko ia ā kō ake nei?

"Kawea a Ariā ki tētahi piringa haumaru," te kī atu a Te Kōkōrangi ki a Tahi rātou ko Mākura, ko Iwihōia. "Kei noho koutou ka puta kia wehe rawa te hoariri. Kaua rawa e tukua a Ariā kia kahakina e rātou."

Āhua pōrauraha ana ngā tama tokotoru kua aro nui ia ki a Ariā, engari karekau he wā hei whakamārama mā Te Kōkōrangi he aha tā ngā whetū e tohu mai nei ki a ia mō te ara kei mua i a Ariā. Kua puta mai hoki a Ruatapu.

Hīkoi atu ana a Ruatapu ki a Te Kōkōrangi, ko āna mahi tūkino o roto i ngā tau kua tāia ki te mata.

"Kia tere tō whakangaro atu i a koe i taku maunga. Ki te kore, māku rawa koe e pana," tā Te Kōkōrangi. Arā kē tāna, he kaiwaenga, e pai ai te paheno atu a āna pia.

Kua konana whakamuri te māhunga o Ruatapu i te kata. "Te Kōkōrangi, tēnā koe. E mīharo ana au kāore ō whetū i kōrero wawe ki a koe e haere mai ana au."

"Ka kitea ko te hunga anake e aumangea ana, ka haere mai mā te kūwaha o mua," tāna whakautu, "tē kitea te hauhauā ka konihi mai mā muri."

“Kāti, he aha rā tēnei haramai pārekareka āu?” tā Te Kōkōrangi.

“Na,” te huataki ake a Ruatapu, “arā au e kai rā i te poaka me te pūhā i taku pā, ka whakaaro ki ā mātou putunga kai kua iti haere. Kua tae anō ki te wā e rere ai ki ngā iwi kei tua o te ripa, ka whānako ai i ā rātou.”

Katakata ana i konei āna toa whakawiwini.

“Karekau he mea i konei,” tā Te Kōkōrangi.

“Engari tonu,” te memene a Ruatapu, me te rekareka anō. “Ka pēnei au, hei aha te tāhae i ngā kai, me kahaki kē ko te tangata kotahi i rahi ai ā rātou kai.”

“Me mihi te kakama o tama pōrori ka tika,” tā Te Kōkōrangi.

Ka whirinaki atu a Ruatapu ki te kuia, me te whāterotero anō. “Kei mua tonu i a au te rongoā e whetē mai ana. Kei te mātua hiahia au ki tāku ake mōkai matakōkōrangi. Karekau aku mōkai pērā ā mohoa noa nei.”

“E kore au e whakaae.”

“Kāore au i te tono.”

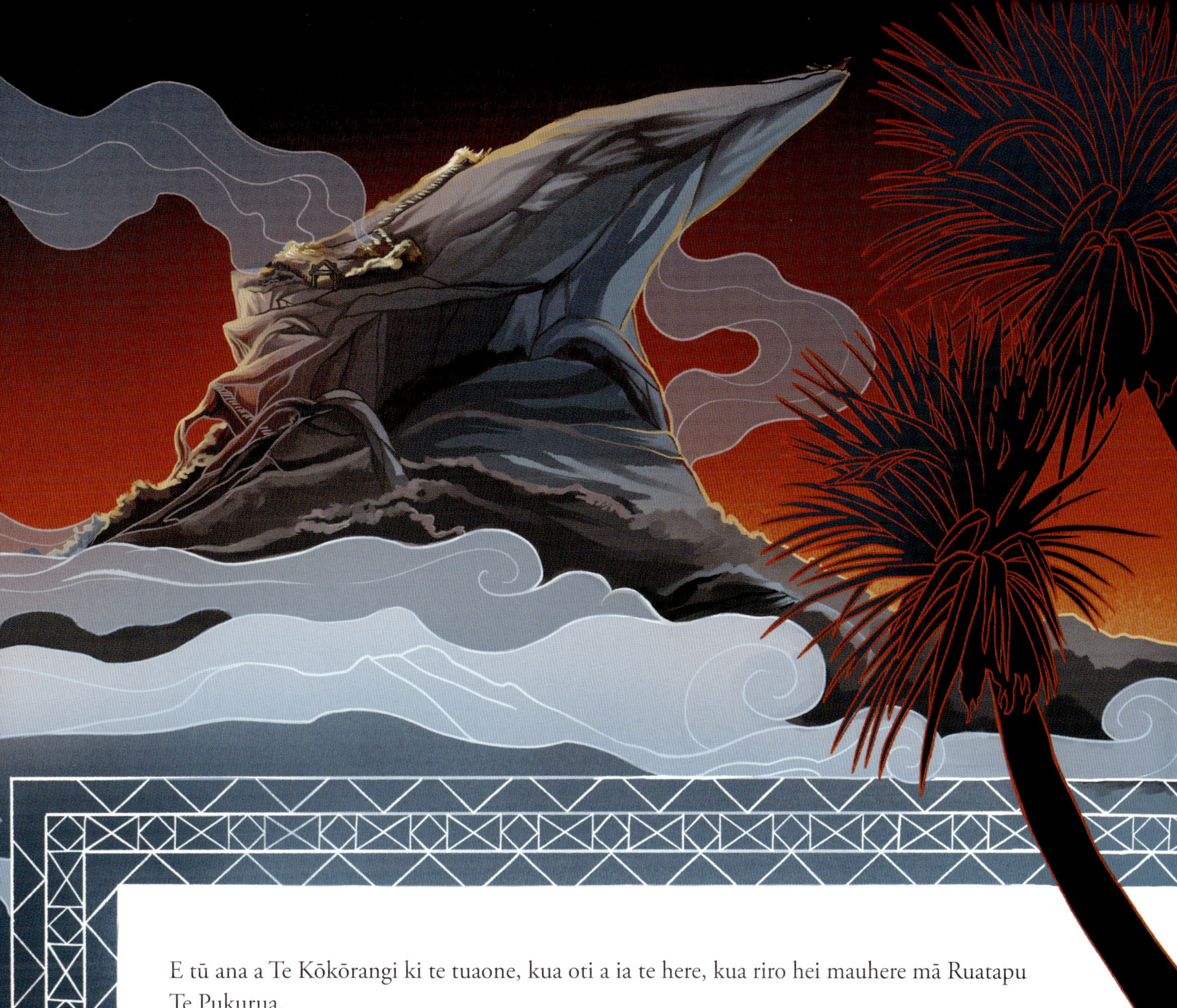

E tū ana a Te Kōkōrangi ki te tuaone, kua oti a ia te here, kua riro hei mauhere mā Ruatapu Te Pukurua.

E heke tonu ana te hukarere i runga o te maunga, engari nōhea e weto te ahi i tahuna rā e Ruatapu ki te mātairangi. Ikeike ana te toro o ngā muramura, mitimiti ana i te rangi. Kua mauheretia ngā tohunga, a Kūkūtai rātou ko Wīrepa, ko Āwhina, me tētahi atu ngahuru mā rua. E heke ana ngā roimata i te kitenga atu o tō rātou kāinga e kainga ana e te ahi.

Kotahi anake te tangata e mahi tonu ana ki te aukati i te haere a Ruatapu: ko Hautoa. Ka whātare atu a Ariā i tōna hunanga. I waenga i te mura o te ahi, ka kite ia i a Hautoa e whawhai ana ki ngā tino toa a Ruatapu: hinga atu ana tētahi, tū mai ana ko tētahi atu.

Ka rongo a Ariā i te "Hauhauā!" a Te Kōkōrangi, me tana tangi haehae i te werohanga o Hautoa mai i muri.

I a ia e tōia atu ana, ka tuku a Te Kōkōrangi i tāna apakura ki tana tautiaki e tuamatangi mai rā i te tuaone.

I te ekenga o Ruatapu me ana toa i ngā waka taua, kua tākiri haere te ata ki te moana.

"Ira!" tā Kūkūtai me te tohu atu anō o te ringa. Ko te wāhi i torongi ai Te Waka o Rangi, e āhua koropupū ana me te mea nei he puia kei raro i te wai e hū ana.

"Kei te ara a Puanga," tā Te Kōkōrangi.

Mea ake ka tau mai he ngaru i tata tahuri ai ngā waka. Hihī ana te kare o te tai. Me he pātū wera ka pā ki ngā waka i te eanga o te whetū i te pae.

Ka mahuta a Puanga, ko ana hihi e rikoriko ana i te nuku o te rangi, i te nuku o te moana. Koia tēnei, ko te mātārere, te kaiwawae i te ara mō te hokinga mai o Te Waka o Rangi i Rarohenga.

"Ko tātou kē te hunga whakamoemiti ki ngā atua," tā Kūkūtai. Kua kōmā noa te kanohi i te kōrerotanga. "Kia ngaro atu tātou, mā wai ngā karakia ki a rātou?"

"Kua tika te whakaako i ngā pia. Mā rātou tonu," tā Te Kōkōrangi.

Rūrū ana te māhunga o Wīrepa. "Mehemea kei ngā tamariki tokowhā te pēheatanga o te maramataka, ka ngaro te iwi. Ka whatungarongaro ngā mea katoa. Āe rānei e whakarongo ana te kōtiro ki ngā tohutohu? Āe rānei ka pahawa i ngā tama ngā mahi?"

Ka āta tukua e Te Kōkōrangi tāna karakia ki a Ariā: *E kō, māu rawa e ārahi ngā whakaritenga. E toru rā noa iho ki te whakapakari, kua ara a Matariki. Ka taea tonutia e koe.*

Ka kohiko anō a Puanga.

Ariā, ko koe rā taku kura huna.

Waru: Te Aranga mai o Ariā

Mārama ana te rangi i taua pō i te muranga o te mātairangi. I te rangi i muri mai he paoa tiwhatiwha e pōtae ana i te maunga. Me he huka kōtaratara te tau o te pōuri nui ki ngā papa kāinga i te matenga o ā rātou toa me te kahakitanga o Te Kōkōrangi rātou ko ana tohunga.

Ka hui ngā rangatira o te mānia ki te mātairangi kua pau rā i te ahi.

"Kātahi te aituā nui ko tēnei," tā tētahi. "I te korenga o Te Kōkōrangi hei whakangāwari i te huarahi ki tua, me pēhea e haumaru ai tā tātou whana atu ki reira? Auare ake te taea. Waihoki ngā tohunga hei whai i āna tohutohu. Ka mate tātou."

"Arā kē te raru tūtata," tā tētahi atu. "E toru rangi ake nei, me rere a Matariki."

Ka rongo a Ariā i ngā kanohi o ngā tama e kai mai ana ki a ia. Mai i te tukipoto, kāore rātou i rere tawhiti i tō rātou piringa.

"Me kōrero tētahi o tātou ki ngā rangatira," tā Tahi. "Me whakamōhio atu ahakoa kua riro a Te Kōkōrangi, ka taea tonutia e tātou."

"Ka taea te aha?" te ui ake a Ariā.

"Te tuku i te reo whakarewa i te huihui o Matariki ki runga," tā Tahi. "Kei te mōhio koe ki ngā karanga e tika ana, Ariā, me ngā karakia whakawātea i te ara e piki ai te waka."

"Kua ngaro katoa aku mahara," te kī ake a Ariā. Arā kē tōna mate, he whētuki. Kua whētuki i a Ruatapu. I te mauheretanga o Te Kōkōrangi. I te matenga o Hautoa.

"Me hoki mai ō mahara i roto i te toru rā," te whakautu a Mākura, me te amowheke anō. "Ko tēnei mōhio i a māua ko Tahi, e pai ana hei taunaki i a koe. Mā Iwihōia te haka hei hāpai ake i ngā whetū."

"Kaua e riri ki a ia." tā Tahi, e tautoko ana i a Ariā. "Kei a ia tonu te nawe o tana hapa o mua. Me mataku ia ka tika."

"Ehara ko te takutaku noa i ngā kupu," tā Ariā, me te piki haere o tōna reo. "Me eke tō tātou mana ki te taumata e tika ana, hei tiaki i a tātou i te wā e tukua ana ngā karakia. Engari he pia noa iho tātou."

"Kore rawa au i whakapono ka rongo au i ēnā kupu e puta ana i tō waha," tā Mākura.

"Kāti te titiro pēnā mai ki a au," te pararē a Ariā. "E kore e pahure i a au."

Hoihoi ana te pahupahu a Kurī ki a Ariā, me te takariri anō.

"Ko koe te mea kua whakaete kia tū koe ki mua, ārahi ai," te tāpiri a Mākura. "Kīhai au i whakapono ka ngawhere noa iho koe."

Ka huri tuarā atu ngā tama ki a Ariā.

"Nō reira, ko tātou tokotoru noa iho, nē?" te pātai a Iwihōia.

"Te āhua nei," te utu a Mākura.

Mātakitaki ana a Ariā i a rātou e hīkoi atu ana ki ngā rangatira. He kaiaru, he kaitautāwhi kē ngā tama, ehara kau ana i te kaiārahi. He whai kē rātou i te kupu a tētahi; mō te tohutohu i ētahi atu, kore kore rawa.

Kei te rongo atu ōna taringa i a Tahi e mahi ana ki te whakamanawa, ki te whakatītina. "Āe, e tamariki ana mātou, engari nā Te Kōkōrangi mātou i ako ki ngā mahi e tika ana."

"Ka pēhea ina hē i a koutou?" te pātai a tētahi o ngā rangatira.

Ka tū atu a Mākura i te taha o Tahi. "Kāore mātou i ākona e Te Kōkōrangi me ana tohunga kia hinga. I ākona mātou kia mārama ngā whakatau, kia titikaha ki ā mātou mahi, kia kawea anō hoki ngā mahi hei painga mō te iwi."

"Nō reira, tēnei mātou te tū ake nei," te kupu a Iwihōia, me te hono atu ki tērā atu tokorua. "Ka pau ō mātou kaha, ō mātou pūkenga kia tutuki rawa te mahi."

Ka rua rā ngā tama e oke ana ki te whakariterite i a rātou. Ka mahi kia maumaharatia ngā karakia. Ka tapepe tētahi, kua tere kuhu atu ko tētahi atu kia rere tāhuhu tonu ai ngā karakia.

I ia tapepetanga, kua koroingo a Kurī, kāore hoki he mutunga o tana auau ki a Ariā.

I te rangi tuarua, kua tītoretore ngā karu whetē o Mākura, ka mea ake, "Kua tino pau nei taku hau, ka pai anō te paku whakangā?"

Mārama ana te kite atu e kore e pahawa i a rātou tēnei mahi nui.

Mea ake, mai i te wā kua hori, ka kite a Ariā i te taiaha a Taramainuku e whewheo mai ana ki a ia.

"Kāo!" te ngawē o tana waha.

Karohia ana e ia tāna i kite pohewa ai, hihipa ana te uira i tana māhunga. He oti anō, kai kē ana te uira ki tētahi tokotoru kāore nei ō rātou hara.

Tahi ia ka rongo i tētahi reo: *E te kōtiro tohe, kāore te kaiārahi e wheta . . . ka whakangungu . . . ka papare rānei.*

He reo anō ka pā mai, ko tō Hautoa: *Ariā, kāore nei koe i te kite? Ko rātou tō whānau.*

I konei ka hoki mai te hinengaro mārama o Ariā — me tōna mātātoa anō. Ka hīkoi atu ki ana hoa ako tokotoru, ka tūturi.

"Mō taku hē, mō taku hē," tā Ariā. "Tērā au te tāwai rā, te tīkai rā i a koutou, engari kua kite au i te rā nei he māia noa ake, he pai noa ake koutou i a au. Anei koutou e whakaae nei kia mate koutou kia ora ai te iwi."

I konei ka piri rātou, ka awhi, ka tangi.

"Kua hoki mai ia," te kōrero a Tahi ki a Mākura rāua ko Iwihōia. "He ngaronga roa, engari mā te aha i te hoki mai."

Iwa: Te Hokinga mai o te Waka Whetū

Ka hurihia e Ariā tā rātou rautaki. Wehewehea ana ngā reo whakarewa i a Matariki ki a Tahi, ki a Mākura, ki a Iwihōia, ki a ia anō.

"Ko ngā pūmahara o Te Kōkōrangi me ana tohunga, he tawhito, kua pūkengatia, he roa anō," tana whakamārama. Ko ā tātou, e pūhouhou ana, e kōpīpī ana, ka mutu he . . . poto. Me mahi e tātou te mea ka taea e tātou; ko rātou rātou, ko tātou anō tātou."

I mua i te aonga o te rā i te rangi tuatoru, ka piki a Ariā me ngā tama i te ara i te pari ki te toi o Pekerangi. Ka hono atu anō ētahi o ngā rangatira o te mānia. Kei reira rātou e tatari ana i te pōuri.

Kāore i roa, kua hāpai te ata, ko te pūatatangi o ngā manu tōna āpiti.

Whai i muri, ko te uranga mai o ngā whetū i te poho o Hinemoana.

"Anei e haramai nei!" te tioro a Tahi.

Mai i te wāhi i urupou ai Te Waka o Rangi i te marama kotahi ki muri, ka maea ake anō te waka whetū. Wāhia ana ki tōna tauihu kōrekoreko te mata o te wai.

Ka rere whakamua ngā rangatira ki te mātaki.

"Kaua koutou e haere ki mua i a mātou," te whakatūpato a Ariā. "Me noho tonu ki raro i tō mātou kahu whakamaru." Ko ia tonu tēnei e kōrero nei, e ārahi nei? E wehi ana ia i te noho ki mua, engari me te mōhio anō ehara ko ia anake e tū atu ana.

Ka titiro ake a Ariā, ka kite i a Matariki e noho ana ki te tauihu. Ko Mākura tēnā ka rere ki mua, haka ai.

Ka āta whakahā a Ariā, kātahi ka tīmata tana karanga: "E whae, Matariki, tēnei te maioha atu nei ki a koe. Kānapanapa mai, kōrekoreko mai, tukua mai rā tō tīaho atawhai."

"Ko koutou nei hei whakakapi mō ngā kaumātua, e kō?"

"Ko mātou tokowhā noa iho, e te tuhi māreikura. Tukua mai rā tō aroha i a koe ka ara."

"Tēnei rā te tukua atu nei."

Ka eke te waka ki runga i ngā ngaru, kātahi ka maea ake ko Waitī rāua ko Waitā.

Kei a Tahi ināianei. "Kei ngā kaitiaki o ngā roto, o ngā awa, o ngā tai: kia ngahue ngā ika, kia mā ngā wai."

"Koia kei a koe, e tama," te kata a Waitā, "tēnei au te arotau atu nei." Engari anō a Waitī, ki tāna, he muhani te waiho mā te tamaiti noa ia e whakatau. Ka pūrerehu tōna āhua. Heoi anō, ka rewa tonu rāua tahi rā runga i te waka kārohirohi, ko ngā kaihoe e hoe atu ana i te moana ki te rangi.

Me he waikamo pīata te rehu e heke ana i te waka.

"Tupuārangi!" te karanga atu a Iwihōia. "Tupuānuku! Kia pōkai ngā manu ki te rangi tūtata, ko ngā hua o te māra kia haematamata." I konā ka tūria tana haka kia wana tonu, takahi ana te waewae, ko ngā ringa kei runga, kei raro.

Kua hiamo tonu ngā whetū i tēnei tūāhua, e kōrero ana ki a rātou anō. He hou tēnei. He tauhou tonu. Engari āe rānei me mātua ū ki nga tikanga ukiuki?

Kohae ana a Waipunarangi hei whakaatu i tana tautoko. "Me mihi ngā mokopuna hautoa i tā rātou mahi. Me tau ki te iwi he kōanga rahi."

Tukua ana e ia he āniwaniwa kia tāwhana ki te rangi. Ko tā tana tungāne, a Ururangi, he tuku i te hau hehengi hei whakaāhuru i te whenua.

Kua hoki anō ki a Ariā. Arā ngā whetū tino tapu, a Hiwaiterangi rāua ko Pōhutukawa, e tū mai rā ki te atarau.

"Tukua mai ō koutou wawata, e kō," tā Hiwaiterangi.

Menemene ana a Ariā me ngā tama. He mīharo kua pai te haere o ngā mahi taka mai ki tēnei wā!

"Hiwaiterangi, tēnā tukua te tau hou kia mahuta i te pae," tā rātou inoi ngātahi, i mua i te tahuri ki a Pōhutukawa: "Ā, ko ngā mate, tēnā wetekina i ō rātou mamae."

Tūngoungou ana ngā whetū wahine nei, te tuakana me te teina. "Tēnei māua ngā whetū tapu te mihi nei i tō koutou māia, mokopuna mā! Me manaaki ā koutou inoi ka tika. Whano, whano, hora mai te ara!"

Ka titiro a Iwihōia ki a Ariā, uaua ana te whakapono ki ngā āhuatanga kua eke. A Kurī koa, e auau ana mō te hemo tonu atu.

"I tutuki i a koe!" tā Iwihōia.

Rūrū ana te māhunga o Ariā. "E hē, i tutuki i a *tātou*."

Tekau: Ka Whetūrangitia

Wehe mai ana Te Waka o Rangi i te moana. Ka kī poha ōna kōmaru nui, ko te topanga tēnā o te tauihu ki te rangi.

Ko Kurī anō e mihi atu ana ki te waka: he pahupahu tiripapā tāna.

I te pūaotanga, ka mātaki atu a Ariā i a Taramainuku e huri ana i te waka kia poupou ake te kake.

Pērā anō i mua, ka whakakakakapa a Taramainuku i tana taiaha, me te whakarīrā anō ki te urungi. Ehara, tataha atu ana te waka i te maunga.

Ka tūtaki ngā mata o Taramainuku ki ngā kanohi o Ariā e mātai ana i a ia. "Kawea rā taku tohu i runga i te whakahī," tana kī ake, me te paku rūrū anō o te māhunga. "He tokoiti kua tohe ki a au, e tū tonu ana i muri! Engari nā Te Kōkōrangi koe i āta whakangungu, ā, ahakoa atua tonu au, me aha hoki i te aroha o te kuia ki tāna mokopuna, nē hā?"

Mai i te wā i pania ai a Ariā, kātahi anō ia ka rongo anō i te aroha o ōna mātua. Engari me tana kite iho, kāore i ngaro taua aroha, i runga kē e tīaho iho ana ki a ia. Ā, kātahi anō hoki ia ka mōhio, e aroha ana anō a Te Kōkōrangi ki a ia. Kua mōhio hoki me aha ia: me tuku tērā aroha ki ētahi atu, ki ngā tāngata o te mānia.

Kua riro rawa i a ia, i tēnei kōtiro rawa kore i mua, te taonga nui e rerekē ai ngā mea katoa: ko te aroha.

Whai i muri i Te Waka o Rangi, ko ngā kupenga e tō haere ana i ngā wairua o te hunga mate kua kokoa ake i Rarohenga. I raro i te tauwhiro a Pōhutukawa, ka tīmata a Taramainuku ki te tuku i ngā wairua ki te rangi. Koia tēnei ko te whakawhitinga i te kāhua tangata ki te kāhua whetū.

Māpuna ana te roimata i ngā kamo o Ariā i a ia ka kite ko tētahi o ngā mea whakamutunga o te iwi wairua ka piki i te tauihu o te waka, ko te mārohirohi, ko Hautoa.

E tere ana te marewa ake o te waka i a Papatūānuku. Ka roha ngā kōmaru e rua, kapohia ana ngā hau katoa o rangi pāmamao.

"Hautoa, kua rite koe?" te pātai a Taramainuku.

"Taihoa!" tā Hautoa. Ka huri ia ki ngā pia. "Haere ki te whakaora i a Te Kōkōrangi."

"Āe rā: koirā te mahi o taihoa ake nei," te kī taurangi a Ariā.

"Kāti, kua rite au," tā Hautoa ki a Taramainuku. "E peke ki te rangi!"

Ka mahi a Ariā me ngā tama ki te whai haere i te ara i rere ai a Hautoa i te pō tangotango. I te tini māioio o ngā whetū taukapokapo, ko tēhea rā a Hautoa?

Ira! tā Kurī. Kei te kite koutou i te toa ko tana patu kei runga riro?

"Kua whetūrangitia ō tātou mate," te kupu a Ariā.

"Arā, arā!" te umere a ngā tama i te putanga o tētahi kohiko pūahoaho.

E kanapa ana ngā whetū o Matariki.

Nō Ngāti Raukawa, nō Ngāti Porou a Hēni Jacob. Kei Ōtaki e noho ana, ko tāna mahi matua he whakamāori kōrero.

"Nōku katoa te whiwhi i āhei taku tomo i te ao o Witi i runga i te titiro a te kaiwhakawhiti reo, ka oke kia eke te whakamāoritanga o te paki me ngā kiripuaki whakamīharo kua āta tāraia e Witi mō *Te Kōkōrangi* ki te taumata e tika ana. Me mihi anō te ātaahua o ngā whakaahua a Isobel kua noho nei hei hoa piripono mō te kupu. Pārekareka ana taku ruku tahi i ngā titonga a te ringa tuhi me te ringa whakaahua."

PUFFIN

UK | USA | Canada | Ireland | Australia
India | New Zealand | South Africa | China

Puffin is an imprint of the Penguin Random House group of companies, whose addresses can be found at global.penguinrandomhouse.com.

First published by Penguin Random House New Zealand, 2022

3 5 7 9 10 8 6 4 2

Design by Cat Taylor © Penguin Random House New Zealand
Colour separation by Image Centre Group
Printed and bound in China by Toppan Leefung Printing Limited

A catalogue record for this book is available from the National Library of New Zealand.

ISBN 978-0-14-377827-1

The assistance of Creative New Zealand towards the production of this book is gratefully acknowledged by the publisher.

penguin.co.nz

Ko te ringa whakaahua, a Isobel, kei Te Whanganui-a-Tara e noho ana. Nāna te pukapuka *Santa's Worst Christmas* (2019), i whakaputaina e Huia, i tautapatia i ētahi wehenga e rima o ngā Tohu Pukapuka NCYA. Tērā anō a *Whiti: Colossal Squid of the Deep* (2020), nā Victoria Cleal ngā kōrero, nā Isobel ngā whakaahua, he mea whakaputa e Te Papa Press, ā, i whakawhiwhia te pukapuka nei ki te tohutoa Whitley mō te pukapuka pai katoa mā te tamariki.